Increíbles y Fabulosas Historias de Infidelidad a la Mexicana

Cuentos cortos

Autor: Mario Antonio Ramírez Barajas

Presentación

Es necesario primero hacer una aclaración, todas las historias contenidas en el presente texto son ficticias, por lo tanto cualquier parecido con la realidad será casualidad o coincidencia, ninguna está basada en hechos reales y aunque tal vez pudieran parecerlo y sin dejar de reconocer la posibilidad de ser semejante alguna situación vivida en el marco de la convivencia familiar y social, los relatos son simplemente eso, unos cuentos breves escritos con la única intención de retratar la picardía, el ingenio y las posibilidades de diferentes escenarios probables con situaciones relacionadas al tema central: la infidelidad vista desde el particular comportamiento del mexicano.

Dicho lo anterior, espero encuentren en estas breves aventuras, contextualizadas en el marco del México moderno, el reflejo de cómo enfrentamos, con un sentido costumbrista y picaresco, una situación profundamente arraigada y relacionada con el hecho de ser la nuestra una sociedad profundamente machista, en la cual siempre ha sido visto como normal al hombre con más de una novia, esposa o concubina, y a la mujer estereotipada con una perspectiva de abnegación y sometimiento, históricamente en México la llamada "casa chica" ha sido representada en el cine, la literatura y en general por todos los medios posibles como un asunto profundamente arraigado y el cual hasta nuestros días no ha sido superado por nosotros afectando profundamente el tejido familiar y la configuración de nuestra sociedad.

Al leer este documento espero lograr algunas sonrisas pero también en el fondo una sincera reflexión acerca de estas manifestaciones, en muchas ocasiones producto de la costumbre o de la presión social.

Como colofón final he añadido un pequeño divertimento sin relación con la infidelidad el cual ya publiqué en un medio periodístico y estoy seguro va a ser un muy buen cierre para quienes tengan la paciencia de leer completa esta pequeña colección de cuentos.

El autor

cervezas
buscarlo
meses
cenar
crei
pens
carlos
volte
seguramente
simplemente
avisarle
cari
acaso
hija
seguro
contest
favor
mujer
caso
mo
vida
dirigi
escuch
permitir
hablar
oficial
joven
amor
decidi
polic
hora
padre
hombre
cantidad
dinero
forma
venir
asegurarse
drama
ambulancia
leve
aprovechaba
debo
autoridad
justa
cambiar
ora
nto
solt
cuarto
ansiedad
amplio
autor
viv
entr
ada
acababa
rec
podr
abri
dec
alg
di
mostr
alta
cabe
ac
ero
gir
sara
atractiva
cruda
celebrar
caro
voz
cara
correos
farra
campo
reci
llamada
faltas
andaba
insult
autom
mala
bajar
dif
cil
caer
perm
culpa
librar
mira
nombre
mirada
luisa
termin
novia
nde
mara
visto
espero
hijo
juntos
despu
mero
minutos
situaci
camino
pregunt
valent
puerta
esposa
encontraba
albertina
patricia
madre
ana
esposo
fono
raz
mano
centro
juan
familiar
tono
supo
mesa

El dormilón

Abrió los ojos lentamente. El dolor de cabeza era casi insoportable. Sentía que todo daba vueltas y le resultó todo un reto concentrarse. Finalmente pudo enfocar la mirada en el techo. Por un momento le pareció lejanamente familiar, su primera expresión reflejó con claridad la situación. ¿Donde chingados estoy? Esta no es mi recamara. Tampoco, esa de ahí enfrente es mi televisión. Dirigió la mirada al cuerpo tibio acostado a su lado. ¡Putamadre, tampoco esta es mi mujer!

Todavía desorientado, trató de mantener la calma. De golpe, como si le hubiera llegado del cielo una epifanía, recordó todo: la comida con sus amigos, la insistencia en seguirla por parte de su socio y la tremenda borrachera en el antro de la zona roja en el centro de la ciudad.

Su memoria perdida en algún momento de la noche, no registraba el instante preciso cuando aceptó llevar compañía femenina con él, mucho menos, cómo llegó a ese hotel ni si lo llevaron o llegó solo. Buscó de inmediato su reloj. Vio con espanto la hora: las seis y media de la mañana.

¿Y ahora?, ¿Cómo se lo explico a mi mujer? Fue la única pregunta en su confundido cerebro. “Si nunca falto a la casa ni hago estas pendejadas”, se repitió con ansiedad. Bueno primero lo primero, se dijo. Intentó despertar a su compañera ocasional de farra. Resultó inútil. Roncaba a pierna suelta sin mayor preocupación y con un desparpajo que le resultó fuera de lugar para la situación en que se encontraba.

Decidió vestirse sin hacer mayores aspavientos. Dejó mil pesos en el buró y salió de la habitación. Esperó encontrar su automóvil.

Al bajar al estacionamiento dejó caer un suspiro de alivio. A lo lejos descubrió el rojo intenso de su Mustang del año. Lo revisó con cuidado. No encontró golpes o rayones. Al menos llegué con bien a este pinche hotel, pensó aliviado.

Con un carajo. ¿Y las llaves? No salgo de una y ya estoy en otra. Reflexionó sin dejar de tener una sensación certera de desazón e incomodidad. Para su fortuna, el llavero con el control remoto de las puertas se encontraba depositado en el asiento delantero. Abordó su auto y lo arrancó. Salió del lugar sin tener en claro en donde desembocaba la puerta del hotel. Reconoció la avenida Paseo de la Reforma. “Al menos no fui a dar a un lugar de mala muerte, se consoló” De ahí hasta su casa en el sur de la ciudad, tendría al menos cuarenta y cinco minutos para pensar con calma en lo que sucedió, y las posibles consecuencias. En ese momento no se le ocurría cómo encontrar una posible solución.

Ni siquiera podía hacer culpable a alguien. Él y sólo él, había decidido seguir con sus amigos en la parranda. Revisó su teléfono celular. Quince llamadas perdidas desde el número de su casa. El registro de la última vez que contestó era de la una y media de la madrugada. Por lo tanto, su esposa debía tener idea de donde andaba, lo suficiente para imaginarse lo peor.

A esa hora el tráfico empezaba a ponerse intenso. Aumentó su molestia. Nada más imaginar el drama que le esperaba, sentía cómo el estómago se le revolvía. Percibía con claridad cómo su aliento despedía un terrible olor a tequila. No solo eso, su ropa y transpiración las percibía impregnadas con un profundo olor a humo de cigarro mezclado con perfume barato "En estas condiciones no me va a creer nada de lo que le diga" comprendió apesadumbrado.

Conforme avanzaba entre el ruido y las prisas, sintió envidia de todos los conductores rumbo a su trabajo sin más preocupación que la de llegar a tiempo. Él en cambio se trasladaba hacia el día más malo de su matrimonio. "Seguro me va a insultar y correrme hoy mismo de la casa". Fue la única conclusión posible para él en ese momento.

Intentó idear posibles explicaciones, pero nada pasaba por su mente con la mínima posibilidad de ser creído. En ese momento sonó su celular. Le resultó difícil sacarlo de la bolsa del pantalón con el cinturón de seguridad puesto. Finalmente, lo logró; como se lo imaginó la llamada provenía de su casa. Lo escuchó sonar un par de veces más y decidió no contestar, a falta de un argumento plausible.

Le pareció sin sentido dar inicio a una discusión sin ningún atenuante a la mano.

Metros adelante se encontraba la salida para tomar el camino a casa. Consideró seriamente seguir y no parar hasta Acapulco. Entendía lo inevitable de hacer frente a la situación.

Cruzó la avenida principal y giró hacia la izquierda para tomar la bocacalle. Al fondo alcanzó a distinguir con claridad la fachada de su casa. En ese momento, no supo distinguir las molestias de la cruda[1] terrible que cargaba. Vio venir un problema casi

---

[1] *En México así se le llama a la también conocida como resaca en otros países*

insalvable, con consecuencias para muchos meses. “Y todavía falta ver cómo se me van a venir encima mi mamá y mi suegra, si de por sí no me quiere y ahora ya tiene pretexto para estar jode y jode, como si le costara trabajo” se dijo en voz alta.

Lo detuvo la luz roja del último semáforo, justo a dos calles de la puerta de su casa; a dos minutos de cambiar hasta ese momento, su apacible matrimonio feliz.

En la contra esquina alcanzó a ver una patrulla con dos policías.

Conforme los observa una sonrisa leve le adornó la cara, se dirigió resuelto hacia ellos, se estacionó a un lado del vehículo oficial y descendió seguro de haber encontrado respuesta a su conflicto.

Buenos días oficial; Buenos días joven. ¿Qué se le ofrece?; Pos mire fíjese que me fui de farra, ya sabe cómo somos los hombres, una cosa llevó a otra y acabé con una chava en un hotel. Y a mí qué joven ¿me quiere dar envidia? No oficial, el problema es que me quedé dormido y jamás había faltado a mi casa, se lo juro por mis hijos, nunca en la vida había hecho algo así y, como puede imaginarse, me espera mi mujer hecha una verdadera fiera y lista para hacerme cachitos. ¿Está usted casado? ¿Me entiende, oficial?; pues si joven, no soy tonto y además estoy casado y se cómo se siente cuando pasa algo así, digo, no es como si yo lo haya hecho pero de que lo entiendo, lo entiendo, pero dígame en qué le ayudo además de escuchar sus cuitas.

Se me ocurre algo: usted y su compañero se pueden ganar dos mil pesitos si me apoyan. ¿Cómo la ve?; y... ¿cómo que hay que hacer? Mire me subo a la patrulla, vamos a la casa, dice que me agarraron borracho y apenas desperté, así sirven de testigos de estar conmigo toda la noche y todos contentos, ¿me ayuda? Como la ve parejita ¿le entramos? Pos sí, pero le pedimos una lana a la señora para entregarlo; si nos la da, es ganancia de la situación. ¿Va? Va. Cuando subió al asiento posterior de la patrulla empezó a sentirse más relajado, la posibilidad de librar la bronca ahora no parecía imposible.

Con la torreta encendida, pararon en la puerta de la casa. Bajó uno de los oficiales y presionó el timbre insistentemente. La esposa salió y preguntó: ¿Dígame, que se le ofrece? En la madrugada agarramos a su marido orinando en la calle y borracho, nos insultó y lo tuvimos que subir al vehículo para trasladarlo al ministerio público y acusarlo de faltas a la moral y a la autoridad, pero se nos quedó dormido y al despertar nos hizo la chillona y decidimos traerlo a ver si usted decide si le perdonamos la falta o lo consignamos, contando en que su criterio para sacarlo del problema sea amplio. ¿Qué tan amplio para que no se lo lleven, oficial ? Tomando en cuenta el reglamento, la multa y el arresto, por lo menos dos mil pesitos, señito. Oiga, no la frieguen. ¿No le parece mucho para perdonar un borracho? Si quiere me lo llevo y ahí va usted por él a la delegación, pero va a pagar más y a perder muchas horas; está bien, bájelo y le doy lo que pide.

Cuando vio regresar contento al policía supo, con alivio, que la situación estaba resuelta. Apenas entró a la sala y escuchó una retahíla de letanías; que si ya ni la friegas; el ejemplo que le das a tus hijos; yo muerta de preocupación y tu borracho peleándote con policías; para la otra no te salvo, y encima, vas a llegar tarde al trabajo.

Llegó el momento en que la oía pero no la escuchaba. Percibía los manotazos y el movimiento sin fin de los labios.

La interrumpió. “Vieja, bastante tengo con la cruda física y moral, no lo vuelvo a hacer, mejor mientras me baño prepárame unos chilaquiles, anda ¿sí?”.

Media hora después, bañado y desayunado se alejó de su casa, listo para la otra.

El teléfono embrujado

Salió de su ducha matutina muy contento, la perspectiva de cerrar el negocio perseguido por varios meses parecía favorable. Todo estaba alineado perfectamente. Nada podía salir mal ese día.

Entró a su recamara para terminar de vestirse, su esposa, ya despierta, lo miró fijamente y con voz molesta, comenta: dejaste tu teléfono celular en la cama y sonó, una tal Patricia, preguntó por ti, insistió mucho sobre tu instrucción puntual de buscarte hoy temprano para ponerse de acuerdo en la hora y el lugar para verse fuera del "trabajo" de ella.

No tengo la menor idea de quien sea la tal Patricia, contestó ligeramente desconcertado, además es una llamada muy extraña, nunca doy mi número de teléfono a desconocidos, mucho menos a mujeres.

Pues tu te llamas Juan José ¿o ya no?, preguntó por ti, con tu nombre, así como para adivinarlo en una llamada equivocada, se me hace muy poco probable.

Deberías ser más creativo para defenderte y menos cínico. ¿De dónde sale esta lagartona localizándote con todos tus datos?, encima le contesto yo, y ella, como si nada.

No pienses, ni lejanamente, en burlarte de mi. No te lo voy a permitir. Eso tenlo muy claro. Ya me imagino cómo son tus famosas "juntas de trabajo" y las comidas con tus clientes. Te has de largar a antros de mala muerte y yo aquí, de babosa cuidando a tus hijos y esperándote como buena esposa. ¿Pero sabes algo? Siempre te lo advertí: a la primera, no ibas a tener una segunda. Hoy mismo te me largas, no te quiero más en mi casa. Vete a ver a las pirujas con quienes te relacionas seguramente desde hace mucho.

El tono de voz fue seco y cortante, como para no dejar ninguna duda de la seriedad de sus palabras.

Pues estás exagerando, contestó, sin entender cómo se le estaba viniendo el mundo encima, primero: no conozco a la tal Patricia, segundo: no tengo la menor idea de nada de esto. Hoy es un día muy importante para mí, por favor no me mandes con un drama sin ningún sentido a la reunión más significativa del año. Lo platicamos con calma en la noche cuando regrese, ¿de acuerdo?

En ese momento sintió cómo si la tensión disminuyera y su esposa dudara un poco a su favor. Sencillamente no sabía que estaba pasando. ¡Él no había hecho nada y su mujer estaba echándolo de su casa!

Cómo si estuviera embrujado el teléfono, aún en la cama, volvió a sonar, él lo vio con pavor y ella, con calma, lo tomó para contestar. Si ¿quién habla?, ah hola Patricia, mira ya le di tu recado pero justo ahora no puede tomar la llamada, si le marcas en unos diez minutos ya te pones de acuerdo con él y así se pueden reunir con toda la calma del mundo. No, no te preocupes, no es ninguna molestia. Gracias.

Lentamente giró la cabeza hacia su esposo y con una mirada llena de rencor, le lanzó el teléfono con fuerza, golpeándolo en el pecho, con una sentencia lapidaria: eres un hijo de puta, no te quiero volver a ver. A continuación se puso de pie, se dirigió al baño y, con violencia, cerró la puerta dando por concluida la conversación.

Terminó de vestirse y salió de la casa en dirección a su automóvil. Su desconcierto era total. Miró el teléfono y, en efecto, aparecía un número desconocido para él. Dió marcha a su vehículo y tomó la ruta habitual hacia su oficina. Había circulado un par de calles, escuchó nuevamente el timbre de una llamada entrante, levantó el móvil del asiento y al mirar la pantalla vio el nombre de Carlos, su socio principal.

Decidió contestar: compadre como estás, ¿todo preparado para la reunión del mediodía? Si, replicó Carlos, todo listo, pero no te hablaba para eso, te quiero pedir un favor, ayer fui a un cabaret sensacional y conocí a una mujer espectacular, como mi vieja siempre revisa mi teléfono me tomé la libertad de usar tu nombre y número, como eres bien portado, en tu casa no tienes sobrevigilancia, la muchacha se llama Patricia, en cuanto te marque, por favor compadre, me la enlazas para ponerme de acuerdo con ella, ¿a poco no fue una idea genial?, te mando un abrazo, ahí nos vemos al rato.

Se despidió con una sonora carcajada y, simplemente, cortó la comunicación.

Julián

Sara llegó al mercado al terminar su turno en la escuela primaria donde daba clases de Educación Física, le gustaba mucho el ambiente relajado del mercado y, a pesar del bullicio y la gran cantidad de personas en el lugar, disfrutaba de la comida leyendo el periódico sin ninguna incomodidad.

Tomó asiento en el mismo lugar de siempre y pidió un consomé de barbacoa y dos tacos. “Es la mejor de toda la zona, bien me merezco esto, a pesar del riesgo de subir de peso”, pensó, sin ningún complejo de culpa. Le sirvieron y comió con avidez, rápidamente. Tenía necesidad de regresar a la escuela para atender al último grupo inscrito en su horario de trabajo.

Pagó y salió disparada hacia su vehículo cuando, a lo lejos, le pareció reconocer la camioneta de su papá. Decidió acercarse y, en efecto, el pequeño golpe en la salpicadera trasera, el escapulario pendiente del espejo retrovisor y la imagen de la virgen de Guadalupe pegada al tablero le dieron la certeza de estar frente al automóvil paterno. “Raro, mi papá anda por aquí, no son sus rumbos”, se dijo. Empezó a buscarlo por los pasillos del mercado sin encontrarlo, al regresar a la calle vió al infaltable cuidador de coches con su franela al hombro. Se dirigió hacia él con un atento: ¿disculpe usted, no vio hacia donde fue el señor de la camioneta azul estacionada casi en la esquina?, la respuesta la desconcertó. ¿Se refiere usted a Don Julián?. O sea, ¿conoce usted a mi papá?, señorita desconozco el parentesco de usted con él, pero vive en el edificio de enfrente, en el cuarto piso.

¿Seguro?, es un señor con canas medio chaparrito que siempre anda en pants, ¿es el mismo? preguntó ella; mire señito, así como me lo describe el señor es el dueño de ese carro, si no lo sabré yo, se lo cuido diario.

De inmediato Sara se encaminó a la dirección donde le indicaron que habitaba, al parecer, su papá. Seguramente sería un error, si él vivía con su mamá aún más, el domingo anterior habían almorzado juntos. Imposible fuera la misma persona y no pensaba quedarse con la duda.

Subió decidida las escaleras, un poco cansada llegó al cuarto piso, había dos departamentos, no tuvo la precaución de preguntar al franelero el número, entonces tendría que probar suerte.

Tocó en la primera puerta, abrió una mujer joven, ¿está el señor Julián?, se escuchó ella misma claramente, con un dejo de ansiedad. No señorita, le contestaron, vive en el departamento de enfrente. Dio las gracias y se dispuso a cumplir con su cometido.

Presionó el timbre para llamar, no hubo respuesta y lo volvió a intentar. La puerta se abrió, de inmediato sintió como si el edificio completo se moviera bajo sus pies. Ahí estaba con la manija de la puerta en la mano, con un pantalón corto, en sandalias y camiseta sin mangas, ¡su papá!.

Detrás de él jugueteaban dos pequeños niños y desde la cocina se escuchó claramente un llamado: mi amor ya siéntate en la mesa, el almuerzo ya está listo, por cierto ¿quien llegó?.

Julián sólo atinó a decir: Sara, hija, ¿qué haces aquí?, como respuesta recibió un seco: papá, nunca me imaginé algo así de ti. Giró bruscamente, bajó las escaleras con un llanto incontrolable, cuando reaccionó ya se encontraba sentada en el asiento delantero de su auto.

Al lograr controlarse presionó el botón de arranque e inició el camino a casa. No tenía otra opción, le contaría todo a su mamá. Eran seis hermanos y le parecía todo el asunto una gran traición, tanto para los hijos como para la madre.

Finalmente, decidió tomarlo con calma, después de todo todavía no tenía decidido cómo le iba a plantear el asunto a su madre y al resto de la familia. ¿Qué les podía decir?, después de todo acababa de descubrir por casualidad a su padre en otra casa con una segunda familia.

Llegó y abrió decidida la puerta, con la convicción de hacer lo correcto y contar lo visto hace menos de una hora, entró a la sala y preguntó por su madre, uno de sus hermanos comentó, está con mi papá en su recámara ya llevan como 15 minutos platicando, ¿la necesitas para algo?

Justo en ese momento salieron los dos tomados de la mano, Sara de inmediato soltó una frase: necesito contarte algo que acabo de ver con mis propios ojos, me ha lastimado mucho y lamento adelantar, te lo hará a ti también.

Con cara de enojo su madre la voltea a ver y le dice: ya me explicó tu padre lo que pasó y te voy a pedir de favor no intervengas en nuestros asuntos de pareja, tú arréglate con tu marido y déjame a mí con el mío, así que por favor no quiero que ni lejanamente toques este tema y punto.

Julián volteó a ver a su hija Sara con una expresión indescifrable en su rostro y simplemente sonrió, dio media vuelta y se fue con su esposa a su recámara.

El desayuno envenenado

El ruido de la ambulancia distrajo de sus pensamientos a Albertina, ahí, sentada al lado de su marido Valentín, sedado y rumbo al hospital, repasó, todavía sin creer cómo se había desenvuelto ese día tan particular en su vida; especialmente complicado de asimilar, aún en este momento en el cual no estaba segura si su pareja de toda la vida pueda sobrevivir a este infarto, detonado por los extraños y poco comunes sucesos presentados en el inesperado desayuno de esa mañana.

En el fondo le parecía había sido un desayuno envenenado.

Ese día Valentín inició con la misma rutina seguida por él desde hace muchos años, se levantó un poco antes de las 5:30 de la mañana para preparar sus cosas e irse al club a hacer ejercicio, el mismo lugar del cual era gerente y, por lo tanto, aprovechaba para hacer dos cosas; según su dicho, se conservaba en forma a través de la práctica de actividad física y estaba enterado al mismo tiempo de todo lo sucedido en su centro de trabajo eso le permitía estar al tanto de la opinión de sus clientes.

Albertina siguió su rutina, alrededor de las 8 de la mañana ya estaba lista para desplazarse hacia su centro de trabajo, en ese instante sonó el teléfono y recibió una llamada que cambiaría por completo su vida.

Hola buenos días, usted no me conoce, y necesito hablarle de algo muy importante acerca de su esposo; escuchó decir eso, de una voz que sonaba muy jovial y segura, disculpa me podrías decir ¿con quien tengo el gusto y porque tendría que hablar contigo algo de mi marido?, contestó molesta; señora el tema a tratar, inevitablemente debe ser en persona, es muy delicado y le ruego por favor me de la posibilidad de platicar con usted, de hecho le propongo me permita invitarla a desayunar en unos minutos en su lugar preferido, yo me adapto para poder compartirle información valiosa e importante para su futuro y el mío.

Está bien, contestó Albertina, ¿le parece en el restaurante ubicado en el centro comercial cerca de la vía rápida a las 9 de la mañana?, entonces ahí la veo encontrará una mesa reservada a mi nombre. Ahora, intrigada, Albertina terminó de arreglarse y se dispuso a ir al inesperado desayuno.

Al arribar al lugar la mesa ya estaba ocupada por una rubia y atractiva joven quién la estaba esperando. Hola buenos días, se presentó Albertina, ¿tú eres la persona de la comunicación de esta mañana y dices tener cosas muy importantes sobre mi esposo las cuales deseas comentarme?, sí señora soy yo, mi nombre es Patricia y le ruego me crea, insistí en verla en razón de entender cómo debo tomar las riendas de mi vida y no permitir perder a mi pareja por una actitud intransigente de su parte. Si me permite, ahora me explico.

Empezó a sacar diversas cosas de su bolsa al tiempo que continuaba diciendo, Valentín su esposo y yo, hemos estado viviendo un intenso romance durante el último año, mire he traído conmigo diferentes objetos para demostrar la veracidad de mi dicho, aquí puede ver varias fotografías donde estoy con él en distintos lugares, por ejemplo está nos la tomamos en nuestro último viaje de fin de semana a la playa, las otras tal y como usted puede notar hablan por sí mismas, estamos juntos y mostrándonos nuestro amor en fiestas, comidas, y reuniones con amigos mutuos.

Albertina empezó a revisar las fotografías, en efecto, Valentín se encontraba en situaciones muy comprometidas con esa extraña de la cual nunca había oído hablar hasta el día de hoy, su primer sensación fue de enojo profundo, hizo un gran esfuerzo para contenerse, suspiró, y dijo: ¿qué más traes?

Bueno mire, también tengo copia de los correos electrónicos intercambiados entre los dos durante todo este año, alguna ropa que seguramente usted reconocerá, al decir esto sacó unas corbatas y una camisa, y de manera decidida le mostró el teléfono, además le ruego a usted revise todos los mensajes que me ha enviado, puede apreciar cómo se percibe la dulzura y el amor contenido en cada palabra.

Albertina revisó cuidadosamente todos los objetos mostrados hasta ese momento por quien decía llamarse Patricia, en efecto, el de las fotos era Valentín e incluso una de las corbatas ella se la había obsequiado en un cumpleaños, pasó del enojo a la incredulidad y decidió tomarlo del mejor modo posible.

Y dime ¿ cuál es la razón mostrarme todo esto?, dijo en el mejor y más comedido tono posible, verá usted, empezó a responder Patricia, he platicado mucho esto con él y le he pedido ya se venga a vivir conmigo, y su respuesta siempre gira alrededor de no parecerle posible porque usted se afectaría mucho y seguramente lo presionaría con sus hijos para no permitir se vaya de su casa, por lo tanto mi petición es muy simple, en razón de tener muy claro por parte mía que su esposo ya no la quiere y no desea seguir con usted, vine a pedirle de frente, cara a cara, nos permita vivir nuestro amor y se separé de Valentín de una manera civilizada y adulta, finalmente espero tome en justa medida mi valor en defensa de mi futuro como pareja con él al venir a verla y decirle esto, por favor no se interponga más entre nosotros.

Albertina la miró ahora con más curiosidad, le pareció clara la razón por la cual su esposo andaba con una jovencita, guapa y de buen cuerpo. Paulatinamente empezó a procesar todo lo sucedido y, justo en ese momento, se le ocurrió la mejor forma de enfrentar la situación.

Sí, aprecio te hayas tomado la molestia de conseguir mi número telefónico y ponerte en contacto conmigo para contarme la situación de tu relación con mi esposo, contestó Albertina, ante las evidencias mostradas por ti, déjame hacerte una contrapropuesta, estoy dispuesta a permitir que los dos vivan su intenso amor como tú lo llamas, siempre y cuando Valentín me lo me lo pida personalmente enfrente de ti, si tú estás tan segura de la solidez de tu relación con él y te parece correcto mostrarle respeto a más de 25 años de nuestro matrimonio, ¿estarías de acuerdo?. Por supuesto, respondió apresuradamente Patricia.

En ese momento Albertina tomó su teléfono de la bolsa y le marcó a Valentín; gordito buenos días, perdona te moleste tan temprano, espero hayas terminado ya tu rutina de ejercicio, tuve la ocurrencia de venir a desayunar a uno de nuestros restaurantes favoritos en el centro comercial, te quiero pedir me hagas el favor de alcanzarme y desayunamos juntos y así podamos platicar de un tema muy importante el cual debemos tratar personalmente, además estás a sólo 5 minutos del lugar. Me avisas cuando llegues por favor para salir por ti, el lugar está lleno y te va a costar trabajo localizarme. Vale pues, acá nos vemos.

Listo, dijo Albertina, Valentín viene en camino. Decidió ya no decir nada y tomar tranquilamente su café.

Unos minutos más tarde su teléfono timbró, ¿ya llegaste?, voy por ti a la puerta en un minuto estoy contigo, se levantó y decidida fue por él, lo vió arreglado elegantemente como siempre, le dio un beso en la mejilla lo tomó de la mano y se dirigió con él hacia la mesa donde esperaba ansiosamente Patricia.

Al verla él, con una extrema palidez en el rostro, pareció trastabillar; siéntate por favor dijo Albertina y le lanzó la ropa, los correos electrónicos y las fotografías, mira voy a ser muy breve y directa, esta chamaca estúpida se atrevió a llamarme el día de hoy muy temprano para invitarme a desayunar y contarme cómo, durante el último año han vivido un apasionado amor y, se ha atrevido a pedirme me haga a un lado para permitirles a ustedes vivir juntos y disfrutar de su romance, he decidido hacer eso con mucho gusto si tú tienes el coraje de decirme exactamente si eso es lo que deseas, delante de ella. Al terminar de hablar, muy tranquila, se dispuso a esperar la reacción de su esposo.

Durante más de un embarazoso silencio de un minuto, Valentín permaneció paralizado, sólo atinó a decir, mira Albertina, esta mujer está loca, me ha estado acosando, no tengo la menor idea de dónde consiguió esa ropa, seguramente la tomó de mi casillero y las fotos son de reuniones de trabajo y las está mostrando fuera de contexto y los correos seguramente los obtuvo hackeando mi cuenta de correo, no se cuales sean sus intenciones al hacer esto, pero nada de lo que dice es cierto, no hay absolutamente ninguna relación entre nosotros y no me interesa saber de ella, expresó alzando ligeramente la voz y con una mirada de furia contenida hacia su supuesta amante.

Patricia, demudada, no logró reaccionar, Albertina de inmediato se levantó del asiento, volteó a ver a la joven rival y le espetó: espero te haya quedado claro, no hay romance ni tampoco una vida a futuro con mi marido, estúpida, tomó de la mano a Valentin y salió apresurada con él hacia el estacionamiento, al llegar a la puerta de su auto volteó a verlo para decirle, ni pienses te crei tu mentira eres un ¡hijo de puta! y vas a lamentar esto por el resto de tu vida, te voy a hacer vivir un infierno.

En cuanto terminó de hablar Valentín se desvaneció, y cayó al suelo, un infarto leve dijeron los paramédicos cuando arribaron por él, así fue como terminó Albertina, en la ambulancia.

La huida

Las dos caminaban muy tranquilas por el centro de la ciudad, vivían juntas a unas calles de ahí y aprovechaban para hacer ejercicio y distraerse, Victoria acostumbraba a ir de compras acompañada de su madre, desde pequeña la opinión de ella al momento de elegir vestimenta la hacía sentirse respaldada, tendría la comida de fin de año en la empresa donde trabajaba su pareja, Fernando y, con ese pretexto, aprovechaba para actualizar un poco su guardarropa, el vestido elegido requería unos pequeños ajustes y podría pasar por él en un par de días, en ese momento se dirigían a un café ubicado en la avenida principal para platicar en tanto decidían regresar a casa.

Después de dar vuelta en la esquina y avanzar unos cuantos metros, en la acera de enfrente vio a una pareja abrazada cariñosa y amorosamente y le hizo recordar los días de noviazgo con su hoy esposo, recorriendo la misma senda con las ilusiones del futuro matrimonio.

Dirigió la mirada hacia la contraesquina, y caminando hacia ellas, acompañado de una mujer y dos niños distinguió a Fernando. Mamá, mira es mi marido con otra mujer. Sin más le gritó, ya te ví desgraciado, jaló a su acompañante para correr y enfrentarlo, el hombre de inmediato reaccionó, dió la media vuelta y, casi tropezando, se apresuró a avanzar en sentido contrario al de Victoria, detuvo un taxi, lo abordó y se perdió en el tráfico sin dar tiempo a ser alcanzado.

Victoria estaba furiosa, mamá no puedo creerlo, es un maldito, ya vámonos, lo voy a esperar en la casa y a poner todas sus cosas en una maleta para que se largue, de mi no se va a burlar, casi arrastraba a su madre para moverse más rápido, escuchaba su respiración agitada, resultado de la molestia y el ejercicio forzado al cual la situación la obligaba.

Cruzaron el estacionamiento del edificio donde se encontraba su departamento en el segundo piso, subieron afanosamente las escaleras y con cierta torpeza Victoria maniobró con su llavero para ingresar al lugar, al abrir la puerta, le sorprendió ver encendido el televisor, escuchó un ruido en la cocina y, en ese momento, con la pijama puesta salió Fernando, quién cómodamente se sentó en el sofá para continuar viendo las noticias de la tarde.

Desconcertada Victoria, en un primer momento no supo qué hacer, reaccionó y con un tono de profunda molestia le dijo, te acabo de ver tomado de la mano de una señora con dos niños, y además como todo un cobarde huiste en lugar de dar la cara, no puedo creer tanto cinismo y desfachatez, después de todo lo que hemos pasado juntos y tantos años ahora me sales con ésto. Por favor recoges tus cosas y te vas de la casa en este momento.Con toda tranquilidad Fernando volteó a verlas a las dos y respondió, no entiendo nada, hoy salí temprano del trabajo y llevo aquí toda la tarde esperando regreses para para ver cómo te fue de compras. Suegra anda su hija enferma o algo así, de dónde saca haberme visto como ella dice, la verdad mujer pareces loca tal vez viste a alguien parecido a mí pero te aseguro no era yo, digo no puedo estar en dos lugares al mismo tiempo, aquí en la casa y en el lugar donde afirmas haberme visto. No seas cínico Fernando, eras tú, a mí no me engañas, te identificaría aún en medio de una multitud y estoy plenamente segura, mejor reconócelo y explícame con claridad quién era la mujer y esos niños.

El simplemente respondió, estás loca, no era yo.

Mamá dile algo por favor, tu ibas conmigo y tambien lo viste; hija, la verdad es que después de escucharlo contestar tan seguro yo creo, no era él. Victoria dió la media vuelta y entró a su habitación haciendo manifiesta su molestia cerrando con fuerza la puerta.

Fernando, aliviado, suspiró profundo y se repitió, no era yo, de ahí no me va a sacar.

El Chato

Nunca supo la razón de su apodo, "El chato" le decían desde la primaria, no le disgustaba y así lo conocían en todo su círculo de trabajo, social y familiar. Hacía seis meses había iniciado una relación sentimental con Luisa, una compañera de trabajo muy atractiva, responsable en una área administrativa de la escuela donde trabajaba como profesor de tiempo completo.

Su gran amigo Francisco, temprano llegó a buscarlo a la oficina que compartían, en el camino se encontró a Luisa quién sin más le soltó: dile al hijo de puta de tu amigo, no quiero volver a verlo nunca en mi vida, es un desgraciado; ¿pero dime qué pasó? preguntó Francisco, la respuesta fue seca, pregúntale a él y así vas a saber lo sucedido.

Se dirigió apresurado rumbo a su espacio de trabajo compartido con el Chato, lo encontró plácidamente sentado y disfrutando de una taza de café, oye, me acabo de encontrar a Luisa, te insultó, está molesta, me pareció raro, ya llevan un buen tiempo juntos y su relación parece muy buena, platícame la razón de su exabrupto por favor.

Mira Paco, ayer decidimos ir juntos a cenar, por cierto nos la pasamos muy bien en el restaurante de tacos donde le gusta mucho ir, y bueno al terminar, nos pusimos de acuerdo para ir al hotel de la avenida principal donde siempre nos refugiamos para tener un buen rato de pasión, sin molestias ni ninguna interrupción, ya de camino se nos ocurrió la de idea comprar un tequila y unas cervezas para pasar el rato más a gusto, nos detuvimos en una tienda de conveniencia, bajé a hacer las compras, y pues bueno, ahí el asunto se empezó a descomponer un poco, como estaba bastante oscuro dónde me estacioné, abrimos una cerveza, nos la empezamos a tomar y nos dio en ese momento un arrebato de lujuria, como podrás imaginar la situación se puso muy candente y la verdad ni cuenta me daba de lo que sucedía a mi alrededor, ni siquiera tengo claro cuantos minutos pasaron desde el momento de las caricias intensas hasta cuando sentí una luz muy fuerte en mi rostro y escuché unos golpes en la ventanilla derecha, del lado del pasajero, donde estaba yo sentado. Era un oficial de la policía quién con una mirada escrutadora revisaba con su lámpara todo al interior, y simplemente me soltó un seco " joven hágame el favor de bajar inmediatamente de su automóvil ", abrí la puerta y atendí su petición, "dígame oficial", le contesté, "oiga joven eso que está haciendo usted ahí se llama faltas a la moral, ¿que no tiene dinero para irse mejor a un hotel en lugar estar haciendo estos desfiguros en plena calle, con el riesgo de ser visto por cualquier persona transitando por aquí?", "disculpe usted pero si no estamos haciendo nada, sólo estamos dándole unos traguitos a nuestras cervezas", le contesté con todo el ánimo de no permitir ningún abuso de autoridad, ya sabes Paco como soy, no me gusta dejarme ni permitir verme expuesto a ninguna extorsión, por lo tanto lo estaba yo viendo, directamente a los ojos, con mirada retadora. Entonces con una expresión ya divertida, el policía me contestó, " ¿entonces puede explicarme la razón por la cual el cierre de su pantalón está abierto y su cosa esa de fuera?", bajé la vista y en efecto, me acomode todo y cerré mi bragueta. Ahí sí, ya sin nada más para defenderme no me quedó otra opción más allá de hablar, ahora apenado, y muy lejos de mi anterior actitud dispuesta a la discusión, sólo atiné a decir: "¿dígame entonces usted por favor qué procede?", "supongo esta señorita no es su esposa ¿verdad?", el tipo me hizo la pregunta con toda la mala intención del mundo, de hecho, con una picardía evidente, "no, es mi novia", "entonces le voy a agradecer me permita la identificación oficial de los dos con su dirección, de ahí nos trasladamos a verificar los domicilios y avisarle a sus familias y la delegación de policía a dónde van a ser ubicados, para permitir al juez civil les aplique la multa y, sanción correspondiente por los actos libidinosos comprobados por nosotros mismos en completa flagrancia".

Bueno Paco, no te puedes imaginar cómo me sentí en ese momento, estoy seguro me puse pálido y eso nada más de imaginar las burlas al día siguiente en la escuela y los problemas a resolver en cuanto todo mundo supiera este incidente, entonces ya con un tono y ligeramente desesperado y bastante preocupado le dije. "discúlpeme si cometimos algún acto indebido y le ruego por favor considere ver la forma de ayudarme usted dígame, ¿cómo le podemos hacer?", de hecho he de confesar, su cara de satisfacción me molestaba igual o peor que la situación en la cual me encontraba, me quedaba muy claro: estaba totalmente en sus manos. "En primer lugar permítame su identificación y la de la señorita y deme unos minutos para hablar con mi compañero, no puedo tomar una decisión yo sólo, necesito escuchar su opinión y entonces ya le diré si existe alguna forma de ayudarlo", dicho esto dio media vuelta y se dirigió hacia la patrulla[2] la cual se encontraba a unos 10 metros de nosotros, con la torreta apagada, evidentemente así lo hacían para no permitir a los incautos percibir cuándo se acercan y, lamentablemente, en ese momento yo era uno de ellos.

Transcurridos unos desesperantes 10 minutos que me parecieron dos horas, regresó y me dijo: "mire joven le vamos a permitir nos paguen en este momento la multa para así permitirle proceda a retirarse, le ahorramos a usted y a la señorita las molestias con sus respectivas familias y el tiempo a perder durante la diligencia con el juez"; por supuesto, esperaba yo una respuesta de este tipo, "¿cuánto sería de la multa oficial?", le respondí, esperanzado en llegar a algún acuerdo, "son quince mil pesos joven, usted dice", como puedes imaginar no traía yo esa cantidad conmigo, entonces me dirigí hacia mi automóvil a hablar con Luisa y le pregunté: ¿tienes efectivo?, va a ser necesario darles dinero para poder librar el problema. Para nuestra mala suerte tampoco ella tenía forma de contar con esa cantidad para entregárselas, así pues me dirigí de regreso con el policía y, después de revisar mi cartera y ver sólo dos billetes de quinientos pesos, le expliqué, "oficial solo cuento con mil pesos, ¿será posible, sólo por esta vez, con esta cantidad nos permita retirarnos?, me contestó serio y de manera directa, "¿cómo pasa usted a creer eso?, le va a salir más caro si nos los llevamos, además, no estamos en el mercado como para estar regateando esto, mire mejor le propongo algo, vaya usted a su casa por el dinero y aquí lo esperamos nada

[2] *Así son llamados coloquialmente los vehículos policiacos en México*

más no se tarde mucho porque si no ya no nos va a encontrar así pues dígame, ¿en cuánto tiempo piensa usted en regresar y así ya se pueda retirar con su amiguita tranquilamente cada uno a su casa?", "pues mire calculo entre ir y venir alrededor de una hora", a pesar de estar a 10 minutos de mi casa, le respondí así para asegurarme el tiempo necesario por si acaso necesitaba conseguir de alguna manera el dinero para terminar y en definitiva con este penoso asunto, "ande pues, entonces lo esperamos", me contestó socarronamente. Muy preocupado, me dirigí hacia mi domicilio, tratando de pensar cómo podría yo conseguir esa cantidad de efectivo, me estacioné en el lugar de siempre y muy pensativo abrí la puerta para ver si en mi recámara donde luego guardo un poco de dinero podría encontrar algo.

En ese momento escuché la voz de mi esposa: "Chato te prepare para cenar los chilaquiles que tanto te gustan ya vente a la mesa por favor antes de que se haga más tarde", la verdad Paco, con tantas emociones encontradas, con todo lo sucedido, me senté a cenar, me dio mucho sueño y flojera ya moverme de la casa y pues, la mera verdad, me acosté un rato a ver la televisión y me quedé dormido, ya no sé ni cómo le habrá hecho Luisa para arreglar el problema. Además ni siquiera sabe que estoy casado, me imagino por eso ha de estar muy enojada, pero ya se le pasará y si no, pues ni modo. Paco con cara de sorpresa simplemente escuchó a su amigo el Chato decirle: "nos vemos al rato, a ver si nos vamos a comer juntos", dándose media vuelta mientras se retiraba, imperturbable, hacia la salida de la oficina donde los dos compartían el espacio de trabajo.

El recién nacido

Juan llegó emocionado al hospital dónde se encontraba su esposa en espera de su primer hijo, tenía tres años de casados y ya habían intentado ser padres con anterioridad sin lograrlo, por esa razón no ocultaba su cara de satisfacción, además había sido una niña, ilusión perseguida por los dos desde la época de su noviazgo.

En cuanto le informaron del parto de su primogénita, regresó a casa para traer consigo la maleta en la cual su esposa había guardado todos los enseres necesarios para pasar dos o tres días en el hospital después del nacimiento.

Esperaba con ansia acercarse al cunero para ver por primera vez a su pequeña bebé y avisarle a toda su familia de la buena nueva, todo había sido tan apresurado; sin tiempo para hacer las llamadas necesarias y asegurarse que todos estuvieran enterados de su nueva paternidad. Se dirigió a la habitación donde se encontraba su esposa recuperándose del trabajo de parto para verificar su estado de salud, de ahí se dirigió con paso apresurado hacia la zona donde se encontraban acostados, en un pequeño Moisés, todos los bebés arribados a este mundo a lo largo de ese día. Preguntó cuál era su hija y una enfermera se acercó amablemente para mostrarle el espacio ocupado por ella, él simplemente no podía creerlo, la miraba arrobado, con un sentimiento inexplicable como nunca antes había experimentado, era una emoción de profundo amor y agradecimiento y esta recorría todo su cuerpo.

En ese momento sintió una presencia a un lado suyo, se dijo para sí mismo, “ debe ser otro orgulloso padre como yo”, la persona ubicada a su derecha le dijo: “los hijos le cambian la vida a uno como padre, para siempre ¿no le parece? el mío es el bebé acostado exactamente al lado de su niña”; la voz le sonó muy familiar, volteó a ver a la persona a la que acababa de escuchar y, profundamente sorprendido, se encontró de frente con su propio padre.

No atinaba cómo dirigirse a él y en el rostro de su padre se manifestaba el mismo desconcierto en el cual él se encontraba, disculpa dijo Juan, ¿acabo de escuchar de tu propia boca que acabas de tener un hijo el mismo día que ha nacido la mía y nadie en la casa sabía de esto?.

Después de un incómodo silencio su padre, finalmente acertó a contestar, “ bueno hijo no tengo mucho para decir, simplemente espero entiendas, soy hombre y estas cosas a veces suceden, finalmente tú y tus hermanos no tienen ninguna queja mía, nunca les ha faltado nada y no he dejado de ser un buen proveedor de todas las necesidades familiares, de respetar y tratar a tu madre como el amor de mi vida, sin embargo a este respecto no pienso explicarte nada porque no eres nadie para juzgarme y nunca sabes el camino trazado por la vida para ti y ni siquiera estés cierto de no pasar por una circunstancia como la mía en este momento, me siento profundamente apenado contigo, si hubiera estado al pendiente del nacimiento de tu hija, seguramente hubiera yo tenido el cuidado de evitar este encuentro tan fortuito, producto de una lamentable coincidencia, pero te insisto en mi esperanza de permitirle a tu madurez comprenderme y entender la responsabilidad que ahora debo enfrentar para también lograr no tenga ninguna carencia este pequeño sin culpa de nada, no tengo más palabras para tratar de expresarte cuánto lo siento pero a la vez manifestar la felicidad de estar aquí, en este momento conociendo a este niño, consecuencia de las vueltas del destino y la vida". Juan no supo cómo reaccionar, regresó la mirada hacia la cuna donde se encontraba su hija recién nacida y permaneció en silencio.

Después de unos minutos de pausa, su padre volvió hablar: "hijo no hay ninguna razón para enterar de esto a tu madre ni a nadie más de la familia, es un asunto perfectamente conservable entre tú y yo, en lugar de pensar negativamente, encuentra el lado bueno y permíteme por favor invitarte a comer, para celebrar a la par, la llegada al mundo de estos niños que antes o después, se conocerán como hermanos y seguramente deberán construir una relación de afecto y compañía, no lo tomes a mal, anda vamos juntos y nos damos la oportunidad de platicar largo y tendido".

Cuando su padre terminó de hablar, Juan permaneció en silencio y pensó: " bueno, en realidad tal vez él tenga razón y no tengo yo los elementos para actuar como juez de su vida, él en la suya y yo en la mía y ahí y mi madre es quien debe arreglarse con él".

Giró para verlo a los ojos, le extendió la mano y le dijo: " vale pues, vamos a comer y muchas felicidades por tu nuevo niño".

Y así, sin más, los dos, se fueron contentos a celebrar su nueva paternidad.

Gaspar

Siguiendo su rutina diaria Gaspar llegó a su departamento con su mejor amigo David, alrededor del mediodía para tomar su almuerzo, su trabajo como profesor en una escuela cercana le permitía acudir diariamente a su hogar a esa hora y así evitaba un gasto extra en sus alimentos en algún restaurante de la zona.

Hacía poco menos de un año había contraído matrimonio con Victoria, a pesar de la oposición de los padres de ella debido a su juventud, sólo contaba con 16 años de edad al momento de decidir contraer matrimonio con Gaspar, sus padres consideraban muy apresurado todo y no estaban seguros de la estabilidad y duración de un matrimonio entre dos personas tan jóvenes, Gaspar contaba a la sazón con solo 19 años cumplidos al día del enlace entre ellos.

Su relación pasaba por el complicado proceso de adaptación a la vida en pareja y los dos hacían grandes esfuerzos por lograr estabilizarla. Ese día, Gaspar ingresó a su departamento y buscó a su esposa para avisarle la llegada de los dos para ingerir sus alimentos y regresar al trabajo lo más pronto posible, sorprendido de no encontrarla a esa hora, más allá de preocuparse, le intrigó tratar de entender dónde podría estar. “No tengo la menor idea de dónde puede haber ido”, le comentó a su amigo David, éste ya sentado cómodamente en el sofá de la sala, lo miró fijamente y comentó: “Gaspar, no me parece correcta la ausencia de tu esposa, llevan muy poco tiempo de casados y pareciera hacer cualquier cosa sin ningún control, si no pones orden en este momento, puede volverse incontrolable, aún y cuando yo no soy casado, a mi novia no le permito este tipo de cosas y siempre la tengo bien checadita dónde anda y con quién está, de hecho cuando me avisa de alguna reunión o visita con sus amigas, la obligó a reportarse conmigo con regularidad, y si tengo alguna duda de inmediato veo la forma incluso de acercarme al lugar donde se encuentra para verificar si es cierto lo dicho por ella, no es desconfianza en lo absoluto, pero en realidad uno como hombre debe asumir por completo el control de la relación, de otra manera se corre el riesgo de acabar con los cuernos bien puestos y a decir verdad si eso sucediera sería nuestra responsabilidad, más allá de la de ellas, no me parece en lo absoluto razonable dejar suelto totalmente este tema yo, en tu lugar, en cuanto pase por la puerta hablaría seriamente con ella, para dejarle muy clara tu posición y no permitirle se ausente sin tu permiso y conocimiento, de otra manera te vas a convertir en un mandilón y además seguramente víctima de una infidelidad la cual ni siquiera vas a ver venir, ella tiene perfectamente establecido el horario en el que venimos a tu departamento almorzar para seguir trabajando, ahora resulta una sorpresa no le importe esto y ni siquiera dejé una nota donde te explique algo y sepas exactamente su ubicación. esto es muy grave pon muy definidas las reglas de la casa y así ella entienda quién manda".

Gastar después de pensarlo unos momentos contestó: " tienes razón no lo había visto desde esa perspectiva, y en estos momentos me siento como un tonto y totalmente exhibido contigo, en realidad considero debo ser más duro con ella y y establecer con firmeza cómo debe comportarse una mujer casada con la obligación de cuidar su reputación y la opinión de su marido". En ese preciso momento se abrió la puerta del departamento y Victoria entró, sin más, la tomó del brazo la jalo con brusquedad hacia la recámara y cerró la puerta, hasta la sala se percibían los gritos de la discusión entre los dos, en un instante se escuchó el ruido de una sonora cachetada soltada por Gaspar al calor del arrebato del momento, todo esto seguido del estrépito y escándalo de objetos lanzados y un inesperado sonido de queja. David se imaginó a Victoria golpeada, maltratada y justamente puesta en su lugar.

Al abrirse la puerta de la habitación, Gaspar salió con una mano cubriéndose el ojo derecho, con un muy evidente golpe fuerte, Victoria detrás de él, hecha una furia, le gritó: me vuelves a alzar la mano hijo de la chingada y vas a ver cómo te va a ir, a mí no me vas a tratar así, así que tú y tu amiguito en este momento se van de mi casa y no lo quiero volver a ver aquí y sí no regresas a disculparte y pedirme perdón puedes agarrar tus cosas y largarte también, porque no voy a permitir bajo ninguna circunstancia te atrevas a golpearme otra vez.

David se levantó como disparado por un resorte del sofá y, acompañado de Gaspar, salió apresuradamente del departamento.

Al ir bajando por las escaleras sólo acertó a decirle: mi querido amigo ¡te casaste con un león rasurado¡

Espanto

Si no decides hacerlo en este momento después va a ser más difícil, Julia le hablaba en tono apremiante a Claudia, tienes que hacer la llamada telefónica, es ahora o nunca.

Las dos habían estudiado juntas la secundaria y ahora coincidían cómo empleadas de una telefónica y esto les había brindado la oportunidad de continuar con esa vieja y afectuosa amistad de tantos años, su relación más allá de ser sólo amigas, les permitía ser confidentes acerca de sus asuntos más íntimos.

Tienes razón dijo Claudia, tomó decidida su teléfono móvil y marcó, hola Raúl, buenas tardes, la razón de mi llamada es para comentarte algo muy importante en relación a los dos, tengo tres meses de embarazo y necesitamos vernos urgentemente, hoy mismo, para platicar del asunto y tomar juntos una decisión; por supuesto estoy segura, me hice hoy la prueba y salió positiva, me lastima tu duda, eres el único hombre en mi vida y bien lo sabes de quién más podría ser este bebé; bueno, te espero en la casa hoy a las 9 de la noche. Respiró aliviada, volteó a ver a Julia y esta le contestó: ¿ya ves? no fue tan difícil, ya no te detengas.

Levantó nuevamente el aparato, buscó entre sus contactos y realizó una segunda llamada; hola Juan, mi vida, ¿cómo estás?, te voy a contar una situación maravillosa para los dos, nuestro gran amor ha rendido frutos y hoy he confirmado al hacerme la prueba correspondiente lo siguiente: tengo 3 meses de embarazo y una gran ilusión de ver crecer juntos a este pequeño ser, quién va a representar la consolidación de nuestra relación para siempre; sí claro estoy segura; por supuesto, los dos entendemos no hay posibilidad de dudar acerca de tu futura paternidad; debemos vernos lo más pronto posible, si te parece bien, puede ser mañana temprano para desayunar y así podamos trazar la ruta para los próximos años de nuestra vida juntos; hasta luego mi amor, te veo mañana, descansa.

Su amiga Julia expresó contenta: cómo puedes ver, no tenías la menor idea de quién era el padre del niño y ahora tienes la oportunidad de elegir la mejor opción. Muy bien hecho amiga.

Claudia respiró aliviada y se sintió relajada y contenta por primera vez desde la noticia de su incipiente embarazo.

La carta

Jorge se sentía cansado y triste, esa mañana había asistido acompañado de su esposa al funeral de Camilo, su mejor amigo, crecieron juntos y se acompañaron desde la secundaria, estudiaron la misma carrera: arquitectura; por la confianza y solidez de su relación crearon una compañía constructora de la cual eran los socios y accionistas más importantes.

La relación entre las dos familias era muy cercana, se visitaban mutuamente con frecuencia, incluso los hijos de ambos tenían una excelente relación, en particular Sofía y Ramón, los dos adolescentes del grupo, entre quienes parecía perfilarse un inminente noviazgo. Acostumbraban salir a cenar juntos al menos una vez al mes a algún restaurante para disfrutar de la compañía y afecto, muy notorio, entre las esposas de los dos.

Era un fallecimiento muy doloroso para él y su familia; sentía una tristeza profunda. Lucía, a la sazón esposa de Camilo, le entregó una carta sellada al final del acto luctuoso, le extendió la mano para entregarle el sobre y comentó; mi esposo me la entregó en su lecho de muerte, con la instrucción puntual de no abrirla y entregarla en propia mano en razón de ser un mensaje de despedida para ti, su más entrañable amigo y yo, por supuesto estoy cumpliendo con su encargo tal y como él lo pidió, no necesito saber nada de su contenido, estoy segura te manifiesta sus mayores preocupaciones y el respeto profundo expresado siempre hacia tu persona, espero te reconforte un poco en estos momentos tan duros para todos nosotros; dicho esto y, sin esperar respuesta, dio media vuelta y se retiró. Jorge tomó la carta y la guardó en el bolsillo interior de su saco.

Recostado en la cama, con su esposa profundamente dormida al lado, consideró este como un buen momento para leer el documento con tranquilidad y ya un poco menos afectado por los sucesos de ese día. La abrió, le sorprendió sólo fuera una cuartilla y media, e inició su lectura.

"Mi muy querido Jorge:

Siento muy quebrantada mi salud y no estoy cierto de poder salir bien librado de este trance, es por eso he decidido escribir esta carta por diferentes razones, las cuales te explicaré ampliamente a continuación.

En primer lugar quiero agradecer de todo corazón tu amistad y afecto permanente sabés que eres y ha sido correspondido, y aún y cuando suceda lo peor, en cualquier lugar donde me encuentre siempre estarás en mi corazón, seguro entiendes el significado de estas palabras.

Desde nuestra ya lejana juventud hemos compartido el pan, la sal, sabores y sinsabores de la vida y siempre has estado a mi lado por eso en primer lugar deseo pedirte te hagas cargo de asegurar el futuro económico de mi familia, mis acciones de la compañía están a nombre de mi esposa y, por supuesto, no entiende nada del negocio, por lo tanto va a depender enteramente de tu buena voluntad y conducción, ya lo he platicado ampliamente con ella y cuenta completamente contigo para preservar nuestro patrimonio y garantizar la educación y calidad de vida de ella y de mis hijos, tengo la certeza de tu fidelidad para atender este punto.

En segundo lugar te pido te hagas cargo de administrar y atender todas mis propiedades, te he nombrado mi albacea con la certeza de tu sabiduría como fuente para evitar conflictos al interior de mis seres queridos y orientarlos para permitirles disfrutar del patrimonio construido en tantos años de trabajo conjunto.

El tercer punto a tratar es sumamente delicado he de confesar, cobardemente, a pesar de haber intentado tratarlo directamente contigo, nunca lo logré, el valor de nuestra amistad y el afecto entre nuestras familias, siempre representaron un freno para mí y debo reconocer ante ti está grave falta de honestidad, respeto y autenticidad ante un amigo del calibre qué has sabido serlo para mí en la vida. Si estás leyendo esta carta, necesariamente representa mi fallecimiento y aunque eso no hace más fácil la confesión qué debo hacer, me tiembla la mano para continuar escribiendo, pero no tengo otra opción, debo hacerlo por el bien de todos.

Dos de tus cuatro hijos son míos, de entrada, te ofrezco una muy sentida disculpa y te pido de todo corazón no reclames nada a tu esposa ni le hagas saber tu conocimiento de este hecho, le prometí nunca decírtelo. Son avatares de la vida donde no siempre tiene uno la intención de hacerlo, sin embargo, sucedió, no tengo excusa ni pretexto, ni siquiera la forma de explicártelo de una manera razonablemente justificada porque no la hay. Es un hecho y lo tendrás que afrontar tú solo, yo ya no estaré ahí para dar la cara y afrontar las consecuencias.

No pienso decirte quienes de tus hijos son míos, no deseo tomes venganza con ninguno ni mucho menos lo discrimines o lo trates de una manera diferente a cómo lo haces con la familia tan maravillosa, educada y formal conformada por ti a lo largo de estos años con tanto esfuerzo del cual doy testimonio fiel.

Sin embargo, hay un solo caso para mí profundamente preocupante y el cual me hará, de algún modo contradecirme con el párrafo escrito anteriormente, mi hijo, Ramón parece interesarse románticamente de Sofía, tu primogénita consentida, es necesario hagas tu mejor esfuerzo para evitar esa relación, son hermanos, ella es fruto de esa relación indebida y vergonzosa entre tu esposa y yo. Entre hombres estoy seguro entenderás, los cuidarás mucho y velarás por ellos, te encargo encarecidamente hagas lo necesario para evitarles un problema mayor. Estoy seguro que la madurez de tu persona, tu valor como profesional y hombre de familia imperaran ante cualquier sentimiento negativo.

Me despido de ti esperando que la vida y el universo nos permitan reencontrarnos algún día, encuentra por favor el lado positivo, somos algo más que amigos y hermanos.

Un abrazo por siempre para ti, Camilo."

Al terminar de leer Jorge no podía creer lo contenido en la carta, nuevamente la volvió a leer, muy cuidadosamente, renglón por renglón, letra por letra, párrafo por párrafo, al terminar, totalmente desorientado, suspiró profundamente, volteó a ver a su esposa, dormida plácidamente y entendió la razón por la cual parecía ella más lastimada que nadie por el fallecimiento de su "amigo" de toda la vida.

Volteó la vista hacia el techo de su recámara y exclamó en voz alta: bueno pues, al final, resultó ser todo un hijo de la chingada.

Esa noche no pudo conciliar el sueño y siguió sin encontrar cómo resolver el gran problema heredado por Camilo.

Colofón

La vida enseña

No cabe duda: los viajes ilustran. Para no ir más lejos, hace una semana visité a un amigo en Zempoala, un pueblito pegado, ahí nomás, a Tulancingo, lleno de magueyes y árboles pobres de hojas, lagartijas y ratas de campo, surcos vacíos y piedras grandes, pero sobre todo, amplias extensiones de sol con pocas islas de sombra. Aquí, en medio del campo, a las 12 del día, con un calor ruidoso, don Abundio, recargado en un árbol, cobijado por una fresca sombra, me recordó que, para escuela profunda, la escuela de la vida como ninguna.

Por eso digo: los viajes ilustran, si no he ido a ese pueblo, ese día a esa hora, no me hubiera encontrado a Don Abundio para recibir la lección del año.

La cosa estuvo más o menos así: Yo ahí parado a pleno sol, a dos metros de Don Abundio, escucho psst, psst, güerito, véngase pa'la sombrita, que hace ahí, asoleándose. Y bueno pues, lo volteo a ver, como los capitalinos actuamos normalmente, medio haciéndole caso y no, para responderle con un gracias, aquí estoy bien.

Luego, luego, otra vez el psst, psst, güerito, hágase pa'ca hombre, yo se lo que le digo. Ya noté cierta urgencia en su tono con algún dejo de preocupación. Una vez más, así como haciéndole caso a medio pelo, no, gracias, aquí estoy bien.

Psst, psst, güerito, acérquese, que quiero hacer negocio con usted, ándele.

Logró picar mi curiosidad, y pensé, nada pierdo y ahí voy, a acercarme, muy sobradito, seguro de mi pinta de chilango[3] seductor de pueblerinos.

---

[3] *Apelativo con el que se conoce a los nacidos en la ciudad de México*

¿Qué pasó Don Abundio? ¿pa'qué negocio soy bueno?, le dije, bien infladito y con la autoestima muy alta.

Pos no se bien güerito, soltó directo, pero fíjese, hace años mi tata, que por cierto era un hombre muy pero muy sabio, me dijo: "mire mi'jo, si algún día en su camino por la vida se encuentra a alguien que pudiendo estar en la sombra está paradito en el sol, haga negocios con el por que de seguro es un pendejo", y pos'que lo veo a usted tan paradito en el sol y tan cerquita de la sombra, que me dije seguro con este güerito puedo hacer negocio.

No cabe duda: los viajes ilustran

Made in the USA
Columbia, SC
21 November 2020

25085241R00026